www.ingramcontent.com/pod-product-compliance
Lightning Source LLC
LaVergne TN
LVHW010420070526
838199LV00064B/5362
* 9 7 8 9 3 5 8 7 2 8 2 4 8 *

اپنی مدد آپ

(بچوں کی کہانیاں)

کشور ناہید

© Taemeer Publications LLC

Apni madad Aap *(Kids Stories)*
by: Kishwar Naheed
Edition: May '2024
Publisher :
Taemeer Publications LLC (Michigan, USA / Hyderabad, India)

ISBN 978-93-5872-824-8

مصنف یا ناشر کی پیشگی اجازت کے بغیر اس کتاب کا کوئی بھی حصہ کسی بھی شکل میں بشمول ویب سائٹ پر اَپ لوڈنگ کے لیے استعمال نہ کیا جائے۔ نیز اس کتاب پر کسی بھی قسم کے تنازع کو نمٹانے کا اختیار صرف حیدرآباد (تلنگانہ) کی عدلیہ کو ہو گا۔

© تعمیر پبلی کیشنز

کتاب	:	**اپنی مدد آپ** (بچوں کی کہانیاں)
مصنف	:	**کشور ناہید**
ترتیب و تدوین	:	سید حیدر آبادی
صنف	:	ادب اطفال
ناشر	:	تعمیر پبلی کیشنز (حیدرآباد، انڈیا)
سالِ اشاعت	:	۲۰۲۴ء
صفحات	:	۳۶
سرورق ڈیزائن	:	تعمیر ویب ڈیزائن

اپنی مدد آپ (بچوں کی کہانیاں) 5 کشور ناہید

فہرست

(۱)	اپنی مدد آپ	کشور ناہید	6
(۲)	سونے کی کلہاڑی	کشور ناہید	7
(۳)	شبنم کا تاج	کشور ناہید	9
(۴)	لڑائی کا نتیجہ	کشور ناہید	11
(۵)	بارہ مہینے	کشور ناہید	13
(۶)	چاند کی بیٹی	کشور ناہید	16
(۷)	میٹھے جوتے	عصمت چغتائی	18
(۸)	ایک پرانی کہانی	قرۃ العین حیدر	21
(۹)	میں کیوں روئی	واجدہ تبسم	24
(۱۰)	کبوتر کی عید	ذکیہ مشہدی	28
(۱۱)	بھوت کی آنکھیں	سیدہ فرحت	32

اپنی مدد آپ
کشور ناہید

ایک آدمی گاڑی میں بھوسا بھر کر لیے جا رہا تھا۔ راستے میں کیچڑ تھی۔ گاڑی کیچڑ میں پھنس گئی۔ وہ آدمی سر پکڑ کر بیٹھ گیا اور لگا چیخنے، "اے پیاری پریوں، آؤ اور میری مدد کرو۔ میں اکیلا ہوں گاڑی کو کیچڑ سے نکال نہیں سکتا۔"

یہ سن کر ایک پری آئی اور بولی، "آؤ میں تمہاری مدد کروں۔ ذرا تم پہیوں کے آس پاس سے کیچڑ تو ہٹاؤ۔" گاڑی والے نے فوراً کیچڑ ہٹا دی۔

پری بولی، "اب ذرا راستے سے کنکر پتھر بھی ہٹا دو۔" گاڑی بان نے کنکر پتھر بھی ہٹا دیئے اور بولا، "پیاری پری، اب تو میری مدد کرو۔"

پری ہنستے ہوئے بولی، "اب تمہیں کسی کی مدد کی ضرورت نہیں۔ تم نے اپنا کام آپ کر لیا ہے۔ گھوڑے کو ہانکو۔ راستہ صاف ہو گیا ہے۔"

※ ※ ※

سونے کی کلہاڑی

کشور ناہید

ایک لکڑہارا تھا۔ وہ لکڑیاں بیچ کر اپنا پیٹ پالتا تھا۔ ایک دن لکڑہارے کی کلہاڑی کھو گئی۔ اس کے پاس اتنے پیسے نہ تھے کہ دوسری کلہاڑی خرید لیتا اس نے سارے جنگل میں کلہاڑی ڈھونڈی لیکن کہیں نہ ملی۔ تھک ہار کر وہ رونے لگا۔ اچانک درختوں کے پیچھے سے ایک جن نکلا۔ اس نے کہا۔ "کیا بات ہے میاں لکڑہارے؟ تم رو کیوں رہے ہو؟"

"میری کلہاڑی کھو گئی ہے۔ خدا کے لئے کہیں سے ڈھونڈ کر لا کر دو" لکڑہارے نے کہا۔

جن ایک دم غائب ہو گیا اور تھوڑی دیر بعد ایک سونے کی کلہاڑی لے کر واپس آیا۔ اس نے لکڑہارے سے کہا "لو، میں تمہاری کلہاڑی ڈھونڈ لایا ہوں۔"

"یہ میری کلہاڑی نہیں ہے۔ وہ تو لوہے کی تھی۔" لکڑہارا بولا۔

جن پھر غائب ہو گیا اور اب وہ چاندی کی کلہاڑی لے کر آیا۔ اس نے کہا "لو، یہ تمہاری کلہاڑی ہے۔"

"نہیں۔ یہ نہیں ہے۔" لکڑہارے نے کہا۔

اب جن پھر غائب ہو گیا اور اس دفعہ وہ لوہے کی کلہاڑی لے کر آیا۔ کلہاڑی دیکھتے ہی لکڑہارا خوشی سے چیخا "ہاں ہاں، یہی ہے میری کلہاڑی۔ اللہ تیرا شکر ہے۔" جن بولا "تم بہت ایماندار ہو۔ میں یہ تینوں کلہاڑی تمہیں دیتا ہوں۔ یہ تمہارا انعام ہے۔" لکڑہارے نے کلہاڑی لے لیں اور خوش گھر چلا گیا۔

٭ ٭ ٭

شبنم کا تاج

کشور ناہید

کسی بادشاہ کی صرف ایک ہی بیٹی تھی۔ وہ بہت ضدی تھی۔ ایک دن صبح کو وہ باغ میں ٹہلنے کے لئے گئی تو اس نے پھول پتیوں پر شبنم کے قطرے چمکتے ہوئے دیکھے۔ شبنم کے یہ قطرے ان ہیروں سے زیادہ چمکدار اور خوب صورت تھے جو شہزادی کے پاس تھے۔

شہزادی سیدھی محل میں واپس آئی اور بادشاہ سے کہنے لگی "مجھے شبنم کا ایک تاج بنوا دیجئے۔ جب تک مجھے تاج نہیں ملے گا میں نہ کچھ کھاؤں گی نہ پیوں گی"۔ یہ کہہ کر شہزادی نے اپنا کمرہ بند کر لیا اور چادر اوڑھ کر پلنگ پر لیٹ گئی۔

بادشاہ جانتا تھا کہ شبنم کے قطروں سے تاج نہیں بنایا جا سکتا۔ پھر بھی اس نے شہزادی کی ضد پوری کرنے کے لئے شہر کے تمام سناروں کو بلا بھیجا اور ان سے کہا کہ تین دن کے اندر اندر شبنم کے قطروں کا تاج بنا کر پیش کرو ورنہ تمہیں سخت سزا دی جائے گی۔ بچارے سنار حیران پریشان کہ شبنم کا تاج کس طرح بنائیں۔

ان سناروں میں ایک بوڑھا سنار بہت عقل مند تھا۔ سوچتے سوچتے اس کے دماغ میں ایک ترکیب آئی۔ وہ دوسرے دن صبح کو محل کے دروازے پر گیا اور

سپاہیوں سے کہا کہ وہ شہزادی کا تاج بنانے آیا ہے۔ سپاہیوں سے کہا کہ وہ شہزادی کا تاج بنانے آیا ہے۔ سپاہی اسے شہزادی کے پاس لے گئے۔ بوڑھے سنار نے شہزادی کو جھک کر سلام کیا اور بولا "حضور، میں آپ کا تاج بنانے کے لیے آیا ہوں۔ لیکن میری ایک چھوٹی سی درخواست ہے۔

"کہو، کیا کہنا چاہتے ہو؟" شہزادی نے کہا۔ سنار بولا "آپ باغ میں چل کر مجھے شبنم کے وہ قطرے دے دیجئے جن کا آپ تاج بنوانا چاہتی ہیں۔ جو قطرے آپ پسند کرکے مجھے دیں گی میں فوراً ان کا تاج بنا دوں گا"۔

شہزادی سنار کے ساتھ باغ میں گئی۔ پھولوں اور پتوں پر شبنم کے قطرے جگمگا رہے تھے۔ لیکن شہزادی نے جس قطرے کو بھی چھوا وہ اس کی انگلیوں پر پانی کی طرح بہہ گیا۔

تب شہزادی نے کھسیانی ہو کر بوڑھے سنار سے معافی مانگی اور عہد کیا کہ وہ اب بھی ایسی ضد نہیں کرے گی۔

(چینی کہانی)

٭ ٭ ٭

لڑائی کا نتیجہ
کشور ناہید

دو لڑکیاں سمندر کے کنارے ٹہل رہی تھیں۔ ایک لڑکی چلائی "وہ دیکھو سامنے سیپی پڑی ہے۔" یہ سن کر دوسری لڑکی آگے بڑھی اور اس نے سیپی اٹھالی۔ پہلی لڑکی بولی "تم یہ سیپی نہیں لے سکتیں۔ یہ میں نے پہلے دیکھی تھی۔ اس لئے اس پر میرا حق ہے۔"

"لیکن اٹھائی تو میں نے ہے۔ اس لئے یہ سیپی میری ہے۔" دوسری لڑکی نے کہا۔

دونوں لڑنے لگیں۔ ایک نے تھپڑ مارا۔ دوسری نے لات ٹکائی۔ ابھی وہ لڑ ہی رہی تھیں کہ ادھر سے ایک آدمی گزرا۔ کہنے لگا "کیا بات ہے؟ کیوں لڑ کی ہو؟"

"دیکھئے، آپ ہی انصاف کیجئے۔ یہ سیپی میں نے دیکھی تھی۔ اس لئے یہ میری ہے۔" پہلی لڑکی بولی۔

"لیکن اٹھائی تو میں نے تھی۔" دوسری جلدی سے بولی۔

اس آدمی نے کہا "مجھے سیپی دکھاؤ میں ابھی فیصلہ کئے دیتا ہوں۔" لڑکی نے سیپی اس کو دے دی۔ اس نے سیپی کے دو ٹکڑے کئے تو اس کے اندر

سے موتی نکلا۔ اس نے موتی اپنی جیب میں رکھ لیا اور بولا "دیکھو بھئی، ایک لڑکی نے سیپی کو دیکھا، دوسری نے اٹھالیا۔ اس لئے اس پر دونوں کا حق ہے۔ لو، ایک ٹکڑا تم لے لو اور ایک تم۔"

یہ کہہ کر وہ آدمی ہنستا ہوا چلا گیا۔ لڑکیاں ہاتھ ملتی رہ گئیں۔

***

بارہ مہینے
کشور ناہید

ایک دن ایک بوڑھی عورت اپنے کھیت میں سے بند گوبھی توڑنے جا رہی تھی۔ راستے میں ایک غار پڑتا تھا جس میں بارہ آدمی رہتے تھے۔ انہوں نے بڑھیا کو بلا کر کہا "بی اماں، یہ بتاؤ سب سے اچھا کون سا مہینہ ہے؟"

"سب ہی اچھے مہینے ہیں بیٹا۔" بڑھیا نے کہا۔ "دیکھو تو جنوری میں سفید سفید برف گرتی ہے۔ فروری میں بارش ہوتی ہے اور مارچ میں ہر طرف پھول ہی پھول کھل اٹھتے ہیں۔ باقی سارے مہینے بھی بہت اچھے ہیں۔"

"بی اماں، تم نے ہم سب کی تعریف کی۔ اس لیے ہم تمہیں انعام دینا چاہتے ہیں۔ تم جانتی ہو، ہم ہی بارہ مہینے ہیں۔"

انہوں نے ٹوکری میں بہت سا سونا بھر کر بڑھیا کو دے دیا۔ بڑھیا نے ان کا شکریہ ادا کیا اور گھر چلی گئی۔ گھر آکر اس نے اپنے بچوں کو سونا دکھایا اور ان سے کہا "اب ہم بہت امیر ہو جائیں گے۔ دیکھو تو میں کتنا سونا لائی ہوں"۔

اسی وقت بڑھیا کی ایک ہمسائی وہاں آگئی۔ اس نے سونے کا ڈھیر دیکھا تو اس کی آنکھیں پھٹی کی پھٹی رہ گئیں۔ بڑھیا نے بارہ مہینوں کی ساری کہانی ہمسائی کو کہہ

سنائی۔

بڑھیا کی ہمسائی بہت لالچی تھی۔ وہ دوڑی دوڑی اس غار میں جس میں وہ بارہ آدمی رہتے تھے۔ انہوں نے ہمسائی سے پوچھا"بی اماں سب سے اچھا مہینہ کون سا ہے؟"

ہمسائی بولی "خدا لگتی بات تو یہ ہے کہ کوئی مہینہ بھی اچھا نہیں ہوتا۔ دیکھو نا، جنوری میں برف پڑتی ہے۔ فروری میں بارشیں شروع ہو جاتی ہیں اور اسی طرح ہر مہینے میں کوئی نہ کوئی بلا نازل ہوتی رہتی ہے"۔

"آپ کا بہت بہت شکریہ بڑی بی۔ لائیے اپنی ٹوکری دیجئے۔ ہم آپ کو انعام دیں گے"۔

بارہ مہینوں نے ہمسائی کی ٹوکری بھر کر اوپر سے پتے ڈھک دیے۔ ہمسائی ٹوکری اٹھا کر گھر کو بھاگی تاکہ جلدی سے کھول کر دیکھے، بھلا بارہ مہینوں نے کیا انعام دیا ہے۔

جب وہ گھر پہنچی تو اس نے اپنے بچوں سے کہا"اب ہم بھی اس بڑھیا کی طرح امیر ہو جائیں گے"۔ یہ کہہ کر اس نے ٹوکری میز پر الٹ دی لیکن ٹوکری میں سونے کی جگہ کنکر پتھر بھرے ہوئے تھے۔ ہمسائی بہت ناراض ہوئی اور بھاگی بھاگی بڑھیا کے پاس گئی۔

بڑھیا نے پوچھا "جب ان بارہ آدمیوں نے تم سے یہ پوچھا تھا کہ کون سا مہینہ اچھا ہوتا ہے تو تم نے کیا جواب دیا تھا؟"

"میں نے تو صاف صاف کہہ دیا تھا کہ موا کوئی مہینہ بھی اچھا نہیں ہوتا"

ہمسائی نے چڑ کر کہا۔

"پھر ٹھیک ہے۔ تمہارے ساتھ یہی ہونا چاہیئے تھا۔ بھلا کوئی اپنی برائی سن کر بھی انعام دیتا ہے"۔

(یونانی کہانی)

****

چاند کی بیٹی
کشور ناہید

ایک چھوٹی سی بچی تھی۔ اس کے ماں باپ مر چکے تھے۔ وہ بچاری گھر میں اکیلی رہ گئی تھی۔ ایک امیر آدمی کے گھر میں اسے بہت کام کرنا پڑتا تھا۔ وہ پانی بھر کے لاتی، کھانا پکاتی۔ بچوں کی دیکھ بھال کرتی اور اتنے کاموں کے بدلے اسے بس دو وقت کی روٹی ملتی۔ کھیلنا کودنا تو کیا دو گھڑی آرام بھی نہیں کر سکتی تھی۔ وہ آدمی بہت چالاک اور بے رحم تھا اور اس کی بیوی تو میاں سے بھی دو قدم آگے تھی۔

ایک رات چاند آسمان پر چمک رہا تھا اور باہر بہت سخت سردی تھی۔ امیر آدمی کی بیوی نے اس بچی سے پانی لانے کے لیے کہا۔ بچی پانی بھرنے باہر گئی۔ جب وہ تالاب پر پہنچی تو سردی سے اس کے پیر پتھر ہو چکے تھے۔ تالاب کا پانی بھی اوپر سے جما ہوا تھا۔ بچی نے برف میں سوراخ کیا اور پانی کی بالٹی بھر کر گھر واپس آنے لگی۔ گھر کے قریب پہنچ کر وہ گر پڑی اور سارا پانی بہہ گیا۔ بچی گھبرا گئی۔ وہ خالی بالٹی لے کر گھر نہیں جا سکتی تھی۔ وہ دروازے پر کھڑی خوف سے کانپ رہی تھی۔ آسمان پر چمکتا ہوا چاند ہنس رہا تھا۔

بچی نے چاند سے کہا، "چندا ماموں، دیکھو تو میں کتنی دکھی ہوں۔ میری مدد

کرو۔ مجھے ان ظالموں سے بچاؤ۔ یہ تو مجھے مار ڈالیں گے۔"

چاند اس کی فریاد سن کر زمین پر اتر آیا۔ وہ ایک خوبصورت نوجوان کے بھیس میں تھا اور سفید کپڑے پہنے ہوئے تھا۔ چاند کے بڑے بھائی سورج نے بھی بچی کی فریاد سن لی تھی۔ وہ بھی آدمی کی شکل میں سنہرے رنگ کے کپڑے پہنے زمین پر اتر آیا۔

سورج نے چاند سے کہا، "میں اس دکھی لڑکی کو لینے آیا ہوں۔ اسے مجھے دے دو۔ کیوں کہ میں تم سے بڑا ہوں۔"

چاند نے کہا، "یہ ٹھیک ہے کہ تم بڑے ہو سورج بھائی، لیکن اس وقت رات ہے، اور میں رات کا بادشاہ ہوں۔ اس بچی نے مجھ سے مدد مانگی ہے۔ اس لیے میں اسے اپنے ساتھ لے جاؤں گا۔"

چاند بچی کو اپنے بازوؤں میں اٹھا کر آسمان کی طرف اڑ گیا۔ جب سے وہ ننھی بچی چاند میں رہتی ہے۔ جب تم چودھویں کا پورا چاند دیکھو گے تو اس میں وہ ہنستی گاتی نظر آئے گی۔

٭ ٭ ٭

میٹھے جوتے
عصمت چغتائی

ننھے بھائی بالکل ننھے نہیں بلکہ سب سے زیادہ قد آور اور سوائے آپا کے سب سے بڑے ہیں۔ ننھے بھائی آئے دن نت نئے طریقوں سے ہم لوگوں کو الو بنایا کرتے تھے۔ ایک کہنے لگے، "چمڑا کھاؤ گی؟"

ہم نے کہا، "نہیں تھو! ہم تو چمڑا نہیں کھاتے۔"

"مت کھاؤ!" یہ کہہ کر چمڑے کا ایک ٹکڑا منہ میں رکھ لیا اور مزے مزے سے کھانے لگے۔

اب تو ہم بڑے چکرائے۔ ڈرتے ڈرتے ذرا سا چمڑا لے کر ہم نے زبان لگائی۔ ارے واہ، کیا مزے دار چمڑا تھا، کھٹا میٹھا۔ ہم نے پوچھا، "کہاں سے لائے ننھے بھائی؟"

انہوں نے بتایا، "ہمارا جوتا پرانا ہو گیا تھا، وہی کاٹ ڈالا۔"

جھٹ ہم نے اپنا جوتا چکھنے کی کوشش کی۔ آخ تھو، توبہ مارے سڑاند کے ناک اڑ گئی۔

"ارے بے وقوف! یہ کیا کر رہی ہو؟ تمہارے جوتے کا چمڑا اچھا نہیں ہے اور

یہ ہے بڑا گندا۔ آپا کی جو نئی گرگابی ہے نا، اسے کاٹو تو اندر سے میٹھا میٹھا چمڑا نکلے گا۔" ننھے بھائی نے ہمیں رائے دی۔

اور بس اس دن سے ہم نے گرگابی کو گلاب جامن سمجھ کر تاڑنا شروع کر دیا۔ دیکھتے ہی منہ میں پانی بھر آتا۔

عید کا دن تھا۔

آپا اپنی حسین اور مہ جبین گرگابی پہنے، پائنچے پھڑکاتی، سویاں بانٹ رہی تھیں۔ آپا ظہر کی نماز پڑھنے جو نہی کھڑی ہوئیں، ننھے میاں نے ہمیں اشارہ کیا۔

"اب موقع ہے، آپا نیت توڑ نہیں سکیں گی۔"

"مگر کاٹیں کاہے سے؟" ہم نے پوچھا۔

"آپا کی صندوقچی سے سلمہ ستارہ کاٹنے کی قینچی نکال لاؤ۔"

ہم نے جو نہی گرگابی کا بھورا ملائم چمڑا کاٹ کر اپنے منہ میں رکھا، ہمارے سر پر جھٹ چپلیں پڑیں۔ پہلے تو آپا نے ہماری اچھی طرح کندی کی، پھر پوچھا "یہ کیا کر رہی ہے؟"

"کھا رہے ہیں۔" ہم نے نہایت مسکین صورت بنا کر بتایا۔

یہ کہنا تھا سارا گھر ہمارے پیچھے ہاتھ دھو کر پڑ گیا۔ ہماری تکا بوٹی ہو رہی تھی کہ ابا میاں آ گئے۔ مجسٹریٹ تھے، فوراً مقدمہ مع مجرمہ اور مقتول گرگابی کے روتی پیٹتی آپا نے پیش کیا۔ ابا میاں حیران رہ گئے۔ ادھر ننھے بھائی مارے ہنسی کے قلابازیاں کھا رہے تھے۔ ابا میاں نہایت غمگین آواز میں بولے، "سچ بتاؤ، جوتا کھا رہی تھی؟"

"ہاں۔" ہم نے روتے ہوئے اقبال جرم کیا۔

"کیوں؟"

"میٹھا ہوتا ہے۔"

"جوتا میٹھا ہوتا ہے؟"

"ہاں۔" ہم پھر رینکے۔

"یہ کیا بک رہی ہے بیگم؟" انہوں نے فکر مند ہو کر اماں کی طرف دیکھا۔

اماں منہ بسور کر کہنے لگیں۔ "یا خدا! ایک تو لڑکی ذات، دوسرے جوتے کھانے کا چسکا پڑ گیا تو کون قبولے گا۔"

ہم نے لاکھ سمجھانے کی کوشش کی کہ بھئی چمڑا سچ میں بہت میٹھا ہوتا ہے۔ ننھے بھائی نے ہمیں ایک دن کھلایا تھا، مگر کون سنتا تھا۔

"جھوٹی ہے۔" ننھے بھائی صاف مکر گئے۔

بہت دنوں تک یہ معمہ کسی کی سمجھ میں نہ آیا۔ خود ہماری عقل گم تھی کہ ننھے بھائی کے جوتے کا چمڑا کیسا تھا جو اتنا لذیذ تھا۔

اور پھر ایک دن خالہ بی دوسرے شہر سے آئیں۔ بقچیہ کھول کر انہوں نے پتوں میں لپٹا چمڑا نکالا اور سب کو بانٹا۔ سب نے مزے مزے سے کھایا۔ ہم کبھی انہیں دیکھتے، کبھی چمڑے کے ٹکڑے کو۔ تب ہمیں معلوم ہوا کہ جسے ہم چمڑا سمجھتے تھے، وہ آم کا گودا تھا۔ کسی ظالم نے آم کے گودے کو سکھا کر اور لال چمڑے کی شکل کی یہ ناہنجار مٹھائی بنا کر ہمیں جوتے کھلوائے۔

***

ایک پرانی کہانی

قرۃ العین حیدر

لاکھوں برس گزرے۔ آسمان پر شمال کی طرف سفید بادلوں کے پہاڑ کے ایک بڑے غار میں ایک بہت بڑا ریچھ رہا کرتا تھا۔ یہ ریچھ دن بھر پڑا سوتا رہتا اور شام کے وقت اٹھ کر ستاروں کو چھیڑتا اور ان سے شرارتیں کیا کرتا تھا۔ اس کی بدتمیزیوں اور شرارتوں سے آسمان پر بسنے والے تنگ آ گئے تھے۔

کبھی تو وہ کسی ننھے سے ستارے کو گیند کی طرح لڑھکا دیتا اور وہ ستارہ قلابازوں کھاتا دنیا میں آ گرتا یا کبھی وہ انہیں اپنی اصلی جگہ سے ہٹا دیتا۔ اور وہ بے چارے ادھر ادھر بھٹکتے پھرتے۔

آخر ایک دن تنگ آکر وہ سات ستارے جنہیں سات بہنیں کہتے ہیں۔ چاند کے عقلمند بوڑھے آدمی کے پاس گئے اور ریچھ کی شرارتوں کا ذکر کر کے اس سے مدد چاہی۔

بوڑھا تھوڑی دیر تو سر کھجاتا رہا۔ پھر بولا "اچھا میں اس نامعقول کی خوب مرمت کروں گا۔ تم فکر نہ کرو"۔

ساتوں بہنوں نے اس کا شکریہ ادا کیا۔ اور خوش خوش واپس چلی گئیں۔

دوسرے دن چاند کے بوڑھے نے ریچھ کو اپنے قریب بلا کر خوب ڈانٹا اور کہا کہ "اگر تم زیادہ شرارتیں کرو گے تو تم کو آسمانی بستی سے نکال دیا جائے گا۔ کیا تمہیں معلوم نہیں کہ ان ننھے منھے ستاروں کی روشنی سے دنیا میں انسان اور جہاز اپنا اپنا راستہ دیکھتے ہیں لیکن تم انہیں روز کھیل کھیل یں ختم کر دیتے ہو۔ تمہیں یہ بھی معلوم نہیں کہ جب یہ ستارے اپنی اصلی جگہ پر نہیں رہتے تو دنیا کے مسافر اور جہاز رستہ بھول جاتے ہیں۔

میاں ریچھ نے اس کان سنا اور اس کان نکال دیا اور قہقہہ مار کے بولے "میں نے کیا دنیا کے جہازوں اور مسافروں کی روشنی کا ٹھیکہ لے لیا ہے جو ان کی فکر کروں۔

یہ کہہ کر ریچھ چلا گیا۔ جانے کے بعد بوڑھے نہ بہت دیر سوچا کہ اس شیطان کو کس طرح قابو میں لاؤں۔ یکایک اسے خیال آیا کہ اورین دیو سے مدد لینی چاہئے۔ اورین دیو ایک طاقتور ستارے کا نام تھا۔ جو اس زمانے میں بہت اچھا شکاری سمجھا جاتا تھا اور اس کی طاقت کی وجہ سے اسے دیو کہتے تھے۔ یہ سوچ کر بوڑھے نے دوسرے دن اورین دیو کو بلا بھیجا۔ اس کے آنے پر بڑی دیر تک دونوں میں کانا پھوسی ہوتی رہی۔ آخر یہ فیصلہ ہوا کہ وہ آج شام ریچھ کو پکڑنے کی کوشش کرے۔ چنانچہ رات گئے اورین دیو نے شیر کی کھال پہنی اور ریچھ کے غار کی طرف چلا۔ جب ریچھ نے ایک بہت بڑے شیر کو اپنی طرف آتے دیکھا تو اس کے اوسان خطا ہو گئے اور وہ ننھے منھے ستاروں سے بنی ہوئی اس سڑک پر جو پریوں کے ملک کو جاتی ہے اور جسے ہم کہکشاں کہتے ہیں، بے تحاشا بھاگا۔

آخر بڑی دوڑ دھوپ کے بعد طاقت ور شکاری نے میاں ریچھ کو آ لیا اور ان کو پکڑ کر آسمان پر ایک جگہ قید کر دیا۔ جہاں وہ اب تک بندھے کھڑے ہیں۔ اگر تم رات کو قطب ستارے کی طرف دیکھو تو تمہیں اس کے پاس ہی ریچھ بندھا نظر آئے گا۔ جس کو ان سات بہنوں میں سے چار پکڑے کھڑی ہیں باقی تین بہنوں نے اس کی دم پکڑ رکھی ہے۔

اگر تم آسمان پر نظر دوڑاؤ تو تمہیں اورین دیو بھی تیر و کمان لئے ریچھ کی طرف نشانہ لگائے کھڑا نظر آئے گا۔

※ ※ ※

میں کیوں روئی

واجدہ تبسم

کوئی بیس برس پہلے کی بات ہے۔

میری اور نیلو کی دوستی سب کے لئے قابل حیرت تھی۔ بات تھی بھی حیرت کی۔ وہ لمبی سی چمکتی ہوئی کار میں اسکول آتی تھی۔ وہ روز ایک نئی فراک پہن کر آتی تھی۔ اس کے جوتے ہمیشہ فراکوں سے میل کھاتے اس کی چوریاں، اس کے رنگ برنگی ربن، اس کی آیا۔۔۔ جو چیز دیکھو ایسی چم چماتی ہوئی اور بھڑکیلی جیسے وہ کوئی شہزادی ہو۔۔۔ اور میں ایک غریب سی ننھی لڑکی، جس کے پاس لے دے کے ایک ہی فراک تھی، جسے امی دھو کر سکھانے ڈالتیں تو اتنی دیر کے لئے میں بھیا کی قمیض پہنے رہتی۔

یہ دوستی کیسے ہوئی، اس کا علم نہ مجھے تھا، نہ کسی اور کو، نہ خود نیلو کو۔ بس پہلی بار ہم دونوں نے ایک دوسرے کو دیکھا، وہ مسکرائی تو میں بھی ہنس دی۔۔۔ ننھی منی معصوم کلیوں کی سی پاکیزہ ہنسی نے جیسے ہم دنوں کو پیار کے دھاگے میں باندھ دیا۔ نہ میں نے کبھی اس کی کسی اچھی چیز کی طرف للچائی نظروں سے دیکھا، نہ کبھی یہ ظاہر کیا کہ میں نے دوستی کا ہاتھ اس کی دول سے مرعوب ہو کر بڑھایا تھا۔ نہ کبھی نیلو ہی

نے اپنی امارت کا رعب مجھ پر ڈالا۔ ہم دونوں ایک ہی سطح پر رکھ کر سوچتی تھیں۔ بس ہم میں یہی ایک احساس مشترک تھا کہ ہم دونوں چھوٹی لڑکیاں ہیں اور سہیلیاں ہیں نیلو کی دوستی نے کبھی مجھے احساس کمتری میں مبتلا نہیں کیا اور نہ کبھی میں روتی۔

ہماری دوستی اتنی بڑھی کہ سب ہمیں ایک دوسرے کا سایہ کہنے لگے۔۔۔ ہمیں کتنوں ہی نے لڑانے کی کوشش کی، لیکن ہماری محبت اتنی گہری تھی کہ ہم کبھی لرنے کے بارے میں سوچ بھی نہیں سکتی تھیں۔

لیکن ایک دن ہماری لڑائی ہوتے ہوتے رہ گئی۔

ہماری دوستی ہوئے کوئی سال بھر ہونے کو آیا تھا کہ نیلو کی سالگرہ کا دن آ پہنچا۔ اس سالگرہ کی تفصیل میں کیا بیان کروں؟ میری ننھی سی عمر کا وہ پہلا ایسا ہنگامہ تھا جسے میں نے خوابوں اور پریوں کے دیس کا سا کوئی واقعہ سمجھا۔ یہاں سے وہاں تک رنگین بلب۔۔۔ پس منظر میں ہلکی ہلکی موسیقی۔ بہت سارے خوبصورت بچے، بچیاں۔۔۔ بے حد حسین چمکدار بھڑکیلے کپڑے پہنے ہوئے۔ ایک طرف بینڈ بج رہا تھا۔ میں وہاں کیسے پہنچ گئی تھی۔ ظاہر ہے میری سہیلی کی سالگرہ جو تھی اور عید پر جو میری فراک بنی تھی وہی اس دن کام آئی۔۔۔ بس ایک غم تھا کہ میں ساتھ کوئی تحفہ نہ لے جا سکی۔۔۔ میں بھلا کیا لے جاتی؟ میرے پاس پیسے ہی کہاں تھے؟ لیکن نیلو نے اس قدر اصرار سے بلایا تھا کہ ناممکن تھا کہ میں نہ جاتی۔

ایک بڑی سی میز پر کھانے پینے کا اتنا سامان رکھا تھا کہ حد نہیں اور دوسری میز جو اس سے کہیں بڑی تھی، تحفوں سے لدی ہوئی تھی۔ شرم کے مارے میرا برا حال

تھا۔۔۔ سب ہی سوچیں گے کہ میں نے کیا دیا۔ اسی دم ایک عجیب و غریب کارروائی شروع ہو گئی۔ ایک چھوٹی سی تپائی پر نیلو چڑھ کر کھڑی ہو گئی اور ہر ایک کے تحفے کا اعلان کرنا شروع کر دیا۔ میرا سر چکرا رہا تھا کانوں میں سائیں سائیں سی ہو رہی تھی، دل دھڑ دھڑ کر رہا تھا۔ جی چاہ رہا تھا کہ اس محفل سے نکل بھاگوں۔ کوئی سوچے نہ سوچے، میں خود اس قدر نادم تھی کہ کسی طرح اس جگہ سے چھٹکارا پانا چاہ رہی تھی۔ اسی لمحے نیلو نے بڑے پیار سے اعلان کیا۔۔۔

"اور آج کا سب سے پیارا تحفہ میری سب سے پیاری سہیلی سبو نے دیا ہے۔ اس نے ہاتھوں میں اوپر اٹھا کر سب کو ایک تاج محل دکھایا، جس میں چھوٹے چھوٹے بلب لگے ہوئے تھے۔۔۔ سنگ مرمر کا حسین و جمیل تاج محل۔۔۔ مارے جگمگاہٹ کے کسی کی اُس پر نظر نہیں ٹھہر رہی تھی۔

میں نے گھبرا کر نیلو کو دیکھا۔ نیلو نے بھی مجھے دیکھا اور پیار سے ہنس دی اور یوں سالگرہ کی خوشی والے دن جب کہ آنسو برا شگون سمجھے جاتے ہیں۔ میں پھوٹ پھوٹ کر رو دی۔ جب ایک ایک کر کے سب مہمان چلے گئے تو نیلو میرے پاس آئی۔ بے حد محبت سے مجھے گلے لگا کر بولی: "میری اچھی سبّو۔۔۔ میں سب کے سامنے تجھے شرمندہ ہونے کا موقع کیسے دے سکتی تھی؟ تو نے برا تو نہیں مانا؟"

بس وہی ایک لمحہ تھا جب ہماری لڑائی ہوتے ہوتے رہ گئی۔ لیکن میں لڑی جھگڑی نہیں۔ بس روئے گئی، روئے گی۔

اور اب اتنے سال گزرنے پر میں سوچتی ہوں کہ میں بھی کیسی پاگل تھی جو اس دن رونے بیٹھ گئی تھی۔ یہ تو خوشی کی اور ہنسنے کی بات تھی نا؟ سچی دوستی وہی تو

ہوتی ہے کہ ایک سہیلی دوسری سہیلی کا درد اپنا لے۔ آج میں اُس دن کے بارے میں کبھی اس انداز سے نہیں سوچتی کہ میں کیوں روئی تھی۔

٭ ٭ ٭

کبوتر کی عید
ذکیہ مشہدی

یہ عید اور عیدوں جیسی نہیں تھی۔ یہ کیوں پچھلے سال والی بھی بڑی روکھی پھیکی تھی۔ بیماری پھیلی ہوئی تھی۔ جس کی وجہ سے لوگوں کا ایک جگہ اکٹھا ہونا مناسب نہیں تھا۔ بٹن اور بابی دونوں کو یہ اچھی طرح سمجھ میں آرہا تھا۔ اس لیے کہ یہ بہن بھائی اب دس اور گیارہ سال کے تھے۔ بٹن بڑی تھی اور بابی چھوٹا۔ پچھلی عید میں بھی اتنی سمجھ تو تھی۔ انہوں نے کسی چیز کے لئے ضد نہیں کی۔ لیکن اس بار صبر کچھ کم ہو گیا۔

اس بار بھی؟ بابی کچھ ٹھنکا۔

"وبا پر کسی کا زور نہیں۔ دادی نے سمجھایا۔ یہ قدرتی آفت ہے۔ اس سے بچنے کا یہی طریقہ ہے کہ باہر نہ نکلیں۔ بہت ضروری ہو تو ماسک لگائیں۔"

"اور ایک دوسرے سے دو میٹر دور رہیں۔" بٹن نے اپنی معلومات کا رعب جھاڑا۔۔۔ "تم کہاں الگ رہتی ہو؟ بابی نے اسے چڑایا۔ ہر وقت میرے پاس گھسی رہتی ہو۔"

"گھر میں الگ رہنے کی ضرورت نہیں بے وقوف۔" بٹن نے پھر اپنا بڑا ہونا

جتایا۔

اب بتاؤ ہم لوگ کیا کریں۔ بابی نے قدرے اداس ہو کر کہا۔

نئے کپڑے تو آن لائن منگا لیے گئے تھے۔ جوتے بھی۔ وہ انہوں نے نہا دھو کر پہن لیے تھے۔ امی نے سوئیاں پکائی تھیں۔ قیمہ بھرے پراٹھے اور بابی کی پسندیدہ فیرنی۔ دوپہر کے کھانے میں بریانی کا اہتمام تھا۔ لیکن تفریح؟ عید گاہ جاکر نماز پڑھنا۔ وہاں سے غبارے لے کر لوٹنا۔ گھر پر بہت سے مہمانوں کا آنا۔ ان کے ساتھ کے بچوں سے مل مل کر کھیلنا۔ عیدی پانا۔ ابھی تو عیدی صرف دادی نے دی اور امی ابو نے۔

دونوں بہن بھائی ایک دوسرے کے ساتھ کھیل کھیل کر اکتا چکے تھے۔ لڑ بھڑ کر بھی۔ اب کیا کریں۔

چلو بالکونی پر چل کر دیکھتے ہیں۔ پیڑ دکھائی دیتے ہیں۔ ان میں چھپتے نکلتے پرندے۔ ٹائیں ٹائیں کرتے طوطے، مینائیں، کبوتر۔ ایک گھر میں دور آم کا درخت دکھائی دیتا تھا۔ اس میں پہلے بور دکھائی دیے پھر اب ٹکورے لٹکتے صاف دکھائی دے رہے تھے۔ املتاس کے پیڑ زرد پھولوں سے ڈھک گئے تھے۔ ان کے پھول جھومر جیسے لٹکتے تھے۔ آس پاس کبوتر بہت تھے۔ اتنا کچھ تھا دیکھنے کو۔

بٹن آپی۔ چلو ان کی تصویریں بناتے ہیں۔ ان کے آس پاس لکھتے ہیں عید مبارک۔

ارے ارے یہ کیا۔ ذرا دیکھو تو؟

بالکونی کے ایک کونے میں امی نے ایک اسٹیل کا فالتو ریک رکھ دیا تھا۔ اس پر

کچھ ایسی چیزیں تھیں جو زیادہ کام کی نہیں تھیں۔ تہہ کیے ہوئے ردی اخباروں کا ڈھیر ایک ٹوکری تھی جس میں کبھی کچھ سامان آیا تھا۔ وہ اخباروں کی موٹی گڈی کے پیچھے چھپی تھی۔ آگے پھولوں کے کچھ گملے بھی تھے۔

کیا ہے کیا ہے؟ بابی اچاک چوکنا ہو گیا۔

بیت کی ٹوکری میں ایک کبوتری نے بچے نکالے تھے۔ نہ جانے کب انڈے دیے۔ کب ان پر بیٹھی۔ لیکن آج کے دن بچے دکھائی دے گئے۔ دکھائی کیا دیے ان کی چوں چوں سنائی پڑی۔

وہ قریب گئے۔ سر جوڑ کر بچوں کو دیکھا۔ کبوتری ڈر کر اڑ گئی۔ لیکن پھر وہیں آس پاس آ گئی۔

چڑیوں کو تنگ نہیں کرنا چاہئے۔ بٹن نے پھر نصیحت کی۔

ہم تنگ کہاں کر رہے ہیں۔ بس دیکھ رہے ہیں۔ چھو کر دیکھیں کیا۔

نہیں۔ بالکل نہیں۔ بٹن نے کہا۔

چلو ہم ان کے ساتھ عید مناتے ہیں۔ بابی نے خوش خوش لہجے میں کہا!

ہاں۔ چلو۔ چلو۔ بٹن کو تجویز بہت پسند آئی۔

وہ اسٹور سے دو پرانی کٹوریاں ڈھونڈ کر لائی۔ ایک میں پانی رکھا دوسری میں چورا کر کے خشک کچی سوئیاں۔ دونوں چیزیں ایک ٹوکری کے آس پاس رکھ دیں۔

عید مبارک کبوتر۔ دونوں نے کھکھلا کر کہا۔

عید مبارک بچو! پھر ساتھ ساتھ ہانک لگائی۔

کبوتر پھر پھڑا کر اڑی۔ دونوں پھر کنارے دبک گئے۔

تھوڑی دیر میں وہ واپس آگئی۔ ماں تھی نا۔ مائیں سب محبت کرنے والی ہوتی ہیں۔ پرندوں تک کی مائیں۔ اس نے ادھر ادھر گردن گھما کر دیکھا۔ پھر پانی پیا۔ دونوں بچے بہت خوش ہوئے۔

"سوئیں بھی کھا لینا۔ آج عید ہے۔ اور ہاں دوپہر بریانی میں سے چاول لا کر بھی رکھ دیں گے۔ بچوں کو چھوڑ کر دور سے کھانا مت لانا۔" انہوں نے باری باری کہا۔

پھر بچوں نے بیٹھ کر ایک عید کارڈ بنایا۔ اس میں املتاس کے پیلے پھول تھے اور ساتھ ہی آم کے درخت پر آم لٹک رہے تھے۔ ایک کبوتر بیچ میں تھا۔ کیا ہو رہا ہے بھئی۔ ابو نے انہیں خوش کچھ رنگ بکھیرتے دیکھا۔

"ابو ہم کبوتر اور اس کے بچوں کو عید کارڈ دیں گے۔" دونوں نے ایک ساتھ کہا۔

سارا گھر ہنسی سے گلزار ہو گیا۔

خوشیاں ڈھونڈی جائیں تو آس پاس بہت ملتی ہیں۔

* * *

بھوت کی آنکھیں

سیدہ فرحت

میرے ابا جو ایک پولیس افسر تھے ان کا تبادلہ ریاست بھوپال کے چھوٹے سے قصبے سے شہر بھوپال کے ایک بڑے تھانے میں ہو گیا۔

نئے گھر میں ہمارا سامان اتارا جا رہا تھا۔ پھوپھی اماں اور دادی اماں ایک ایک کمرے میں آیۃ الکرسی پڑھ کر دم کر رہی تھیں۔ میں نے شمیمہ باجی کا ہاتھ پکڑا اور کھینچتے ہوئے کہا۔ باجی! چلو ذرا آس پاس کی چیزوں کو اسی وقت دیکھ ڈالیں۔ پھر خدا جانے پھوپھی اماں اور دادی اماں گھر سے نکلیں دیں یا نہیں۔

شمیمہ باجی نے اپنا برقع سنبھالا۔ انہوں نے دس گیارہ سال کی عمر میں ابھی کچھ دن پہلے ہی برقع اوڑھنا شروع کیا تھا اور انہیں ابھی اس کی عادت بھی کچھ یوں ہی سی تھی۔ جب وہ برقع اوڑھ کر چلتیں تو بار بار اس سے الجھ جاتیں اور گرتے گرتے بچتیں۔ انہیں برقع میں دیکھ کر کبھی "بڑی بی" کبھی حجن بوا کہہ کر میں ان کا مذاق اڑاتی۔ وہ کھسیانی ہو کر دادی اماں سے شکایت کرتیں۔ دادی اماں لڑکھڑاتی، ڈگمگاتی مجھے مارنے کھڑی ہوتیں تو میں بھاگ کھڑی ہوتی۔ شمیمہ باجی یوں بھی سیدھی اور گھر والوں کی نظر میں نیک اور "شریف" بچی تھیں اور میں "شریر" آفت کی پرکالہ، جس سے نچلا بیٹھا بھی نہیں جاتا، گھر میں شمیمہ باجی اور میں ہی دو لڑکیاں تھیں۔ میں

ہر شیطانی یا ہر حرکت میں انہیں اپنے ساتھ کھینچنا چاہتی تھی مگر وہ تھیں ہی کچھ ڈرپوک سی۔

میں نے شمیمہ باجی کا ہاتھ پکڑ کر کھینچنا شروع کیا اور باغ میں ایک ایک جھاڑی اور ایک ایک پیڑ کا معائنہ شروع کر دیا۔ اسے اس وقت تو باغ نہیں کہا جا سکتا تھا کیوں کہ بہت دن سے نہ اس میں پانی دیا گیا تھا۔ اس کی دیکھ بھال ہوئی تھی۔ اونچی اونچی جھاڑیاں اور اونچے گھنے پیڑ پودے گھر کو ڈھکے ہوئے تھے۔

باجی! میں نے دو چار پیڑوں کو دیکھ کر کہا "بڑا مزہ آئے گا اس گھر میں" دیکھو یہاں کھٹے کگروندے، املی اور کمرخ کے کتنے پیڑ ہیں۔ باجی تمہیں بھی کھٹی املی اور کمرخ کا بہت شوق ہے نا؟

باجی نے منہ سے جواب تو کچھ نہیں دیا مگر ان کے چہرے سے لگ رہا تھا کہ ان کے منہ میں پانی بھر آیا ہے۔

یہ گھر جس میں ہمارے خاندان کے لوگ اب رہ رہے تھے وہ "ہوا محل" کہلاتا تھا اور بہت پرانا مکان لگتا تھا۔ ہو سکتا ہے کہ یہ کبھی بڑی خوبصورت اور شاندار حویلی رہی ہو کسی نواب کی۔۔۔ خیر، جس حصہ میں میرا خاندان آکر ٹھہرا تھا اس کے پیچھے کا حصہ بالکل کھنڈر تھا۔ اب اس حصہ میں ایک ٹوٹی پھوٹی دیواروں اور گری ہوئی چھتوں کے ملبے کا ڈھیر تھا۔ اس ٹوٹے پھوٹے کھنڈر کی ایک کوٹھری ہمارے گھر کے اندر کھلتی تھی جسے ہمیشہ بند رکھا جاتا تھا۔ اس بند کھڑکی کو دیکھ کر ہمیشہ جی چاہتا تھا کہ جا کر دیکھوں کہ ادھر کیا ہے۔ میری یہ خواہش دن بدن بڑھتی ہی گئی۔ ایک دن پھوپی اماں نے مجھے کھڑکی کی طرف جاتے دیکھ کر بڑا ڈراؤنا سا انداز بنا کر سمجھاتے ہوئے کہا۔ "دیکھو نسیمہ، مجھے آس پاس رہنے والوں نے بتایا ہے کہ

اس کھنڈر میں بھوتوں اور بدروحوں کا جماؤ ہے، خبر دار ادھر نہ جانا"۔

"مگر پھوپی اماں بھوت پریت، چڑیل تو کچھ ہوتے نہیں"۔ میں نے ان کی بات کاٹی۔

"دیکھا میں نہ کہتی تھی!" دادی اماں نے ماتھے پر ہاتھ مار کر کہا۔ "اس لڑکی کا دماغ بالکل پھر گیا ہے۔ دیکھ لڑکی کان کھول کر سن لے! اگر تو نے اس کھنڈر کا رخ کیا تو کھنڈر کے بھوت تجھے زندہ نہ چھوڑیں گے!"

دادی اماں اور پھوپی اماں دیر تک مجھے ڈراتی اور سمجھاتی رہیں مگر میں نے دل میں ٹھان لی کہ جب بھوت پریت اتنے قریب ہی رہ رہے ہوں تو اس سے اچھا موقع کیا ہو گا کہ انہیں دیکھنے کا۔ ادھر ہمیں ابا کے بتائے ہوئے اس نسخے پر بھی پورا یقین تھا کہ اندھیرے میں یا رات کو جب بھی کسی چیز سے ڈر لگے تو آیۃ الکرسی پڑھ لی جائے۔ ہمارے تائے ابا ہمیں بڑے پیار سے نماز، اس کا ترجمہ اور دینیات کی دوسری باتیں سمجھاتے تھے۔ انہوں نے آیۃ الکرسی یاد بھی کرادی تھی اور ہمارے دل سے اندھیرے، بھوتوں اور جنوں وغیرہ کا ڈر بھی نکال دیا تھا۔ پھر بھی بھوت ہوتا کیا ہے؟ یہ دیکھنے کا شوق مجھے مستقل اکساتا رہتا اور جب ابا اور تائے ابا دفتر چلے جاتے اور گرمیوں کی دوپہر میں ہماری اماں دادی اماں اور پھوپھی سب سو جاتے تو دبے پاؤں اٹھتی کھڑکی سے کود کر کھنڈر میں گھومتی اور وہ آوازیں سنتی جو کبھی بہت ڈراونی لگتیں اور تھوڑی دیر کے لیے میرے رونگٹے کھڑے ہو جاتے اور سارے جسم میں چیونٹیاں سی رینگتی محسوس ہونے لگتیں۔ ایک زور سے "پھٹ پھٹ پھٹاٹک" چٹ چٹ چٹاخ۔ میں جب کوٹھری کے اندر جھانکتی تو مجھے کالی کالی سامنے والی دیوار پر انگارہ جیسے دو گول گول دیدے نظر آتے! اور پھر جیسے ہی گھر کے

کسی کمرے سے کسی کے کھانسنے یا کروٹ بدلنے کی آہٹ محسوس ہوتی میں غڑاپ سے کھڑکی سے کود کر اندر آجاتی اور کھڑکی بند کر دیتی۔ مگر میں نے طے کر لیا کہ کسی نہ کسی دن ان دیدوں والے بھوت کو ضرور دیکھوں گی۔

"جب میری ڈرپوک باجی نے میرے ساتھ جانے سے صاف انکار کر دیا تو ایک دن میں نے اکیلے ہی دوپہر میں سناٹا ہوتے کھڑکی کھول کر کھنڈر میں قدم رکھا اور سیدھا کوٹھری کا رخ کیا۔ آیۃ الکرسی پڑھتی ادھر ادھر دیکھتی آخر میں کوٹھری کے اندر داخل ہوگئی۔ کوٹھری کے فرش پر بکھرے سوکھے پتے میرے پیروں کے نیچے چرمرائے اور سلیپروں کے نیچے دب کر کوڑا کرکٹ، چڑپٹر کی سی آوازیں پیدا کرنے لگا۔ ادھر چھت پر سے ایک غول جنگلی فاختاؤں اور کبوتروں کا زور سے پھڑپھڑاتا ہوا اڑا اور عجیب ڈراؤنی آوازوں میں شور مچانے لگا۔ فوراً ہی کچھ چمگادڑیں بھی ادھر ادھر اڑ کر دیواروں پر ٹکریں مارنے لگیں اور ان سب ملی جلی آوازوں کی گونج سے ایک عجب بھیانک سا شور پیدا ہونے لگا۔ میرے جسم میں ایک ہلکی سی سنسناہٹ تو ضرور محسوس ہوئی مگر آج میں بھی دل میں فیصلہ کر کے آئی تھی۔ میں بھی نظریں جمائے دیکھتی اور سنتی رہی۔ میں نے دل ہی دل میں مسکراتے ہوئے۔۔۔ ان چمگادڑوں اور جنگلی پرندوں کو دیکھ کر میں نے فیصلہ کیا۔۔۔ اچھا تو یہ ہیں بھوت پریت صاحبان"۔

مگر وہ انگارہ جیسے گول گول دیدے کس کے ہیں؟ جنہیں میں اب بھی ٹوٹی پھوٹی سامنے والی دیوار پر دیکھ رہی تھی۔ کافی غور کرنے پر مجھے چھت سے کچھ نیچے دو گول سوراخ نظر آئے۔ جنہیں پرانے گھروں میں روشن دانوں کے طور پر چھوڑ دیا جاتا تھا۔ انہیں سوراخوں سے دوپہر کی تیز دھوپ کی دو شعاعیں دیوار پر چمک دار

ٹکیاں سی بنا رہی تھی میں یہ راز جان کر اس بات پر بہت خوش تھی کہ میں نے اکیلے ہی بھوت کی آنکھیں پہچان لیں ہیں۔

اور شام جو جب تائے ابا دفتر سے آئے تو ان کے ساتھ کھانا کھاتے ہوئے میں نے پورے جوش میں اپنا آج کا کارنامہ سنایا۔

تائے ابا۔۔ آخر آج میں نے بھوت پریت دیکھ ہی لیے۔

"کیسے بھوت پریت؟" تائے ابا نے حیرت سے پوچھا۔

ارے وہی جن سے دادی اماں اور پھوپھی اماں ہمیں ڈراتی رہتی ہیں۔ "وہ جو کھنڈر میں رہتے ہیں۔ تائے ابا۔ وہاں تو صرف جنگلی پرندے اور چمگاڈریں رہتی ہیں۔ میری آہٹ پاتے ہی خود مجھ سے ڈر گئے اور لگے شور مچانے اور ادھر ادھر بھاگنے۔ ہاں ان کی آوازیں کوٹھری میں ضرور ایسے گونجتی ہیں جن سے بہت ڈر لگتا ہے۔"

تائے ابا مسکرائے۔ ان کے انداز سے لگ رہا تھا کہ وہ میری ہمت اور میرے نڈر ہونے پر بہت خوش تھے۔ مگر انہوں نے کچھ رک کر کہا۔ "مگر تم دادی اماں اور پھوپھی کا کہنا نہیں مانتیں۔ یہ بری بات ہے۔ اگر وہاں بھوت نہیں ہیں تو سانپ بچھو اور کیڑے مکوڑے تو ہوسکتے ہیں اور کوئی چھت یا دیوار بھی تو گر سکتی ہے تمہارے اوپر"۔

پھر بھی آج میں اپنی کامیابی پر بہت خوش تھی۔

***